꽃은 내 딸
매실은 내 아들
아침 이슬은 내 보석
고향 엄마 같은 농민이
될게예

홍쌍리

자연은 천국
오시는 분마다
천사가 되어 가시라고
사립문 열어놓고
기다릴게예

드림

행복아
나는 누리고
싶고 싶다

.

매실 명인 홍쌍리의 시와 노래

행복아
나는 누하고
살고 싶나

농민신문사

1943년 밀양에서 태어났습니다. 나를 가수 만들라고 자꾸 사람들이 찾아오니까 울 아버지는 딸 광대 만들기 싫다고 초등학교 졸업한 나를 부산 삼촌 집에 보내 밥도 하고 건어물도 팔게 했습니다. 참말로 옛날 이야기지예.

우짜겠는교. 밥 얻으러 오는 사람한테는 꼭꼭 누질라감서 밥 많이 담아주고, 남편 제사다 하면 이것저것 덤으로 얹어주는 '퍼주는 가수나'로 살았지예. 그러다 1965년 스물 셋에 외딴 산 중으로 시집와서, 1966년 스물 넷 외로운 산에 홀로 핀 흰 백합꽃처럼 살기 싫어서, 사람이 그리워서, 시아버지의 벼락같은 꾸지람에도

매화꽃을 심으면
5년이면 꽃이 피고 10년이면 소득이 생기고
20년이면 세상 사람 내 품에 다 오겠지

꽃 심고 가꿈서, 매실 먹거리 연구함서, "저 산천에 내 젊음 다 바치리라" 함서, 일에 미쳐 살았지예. 이 여인 이렇게 살다 보니 우리 집 찾는 방문객이 일 년에 백만 명이 넘데예. 그 많은 사람들이 내 품에 오데예. 인자 제 소원은 하나뿐인기라. 이 손이 호미 괭이 삽이 되어, 구십이 되는 그날까지, 자연은 천국, 나는 흙 묻은 천사로 살고 싶어라….

요새는 젊은 사람들한테 이래라 저래라 하면 싫다 카데예. 그래도 이 말만은 할랍니다. 이왕이면 마주앉아 얼굴 쳐다보고, 두 손도 꼭 붙잡고, 입에 매실사탕도 하나 넣어줌서 하고 싶은 말인데, 이참에 시 비스무리하게 한번 적어봅니다.

이 시대 젊음이여
도시도 좋지만
흙을 밥으로
농사는 작품으로
출퇴근도 없는 아름다운 농사꾼이 되어
꽃은 춤추고 나는 노래하고 새들 피리 부는 천국에
그림 같은 집 지어
영원히 시들지 않는 인간 울타리 백만장자가 되어
인생의 꽃을 피워봄이 어떻소

생각지도 못한 시집을 덜컥 내기로 해놓고, 밤낮으로 걱정을 얼마나 했는지 모릅니다. 또도 개도 아닌 이걸 시라고 내도 될랑가, 배운 사람들이 보면 얼마나 우습겠노, 지금이라도 고만하자 해뿌리까···. 그런데도 포기를 안 한 이유는 다른 거 없습니다. 사람 때문이지예. 얼마나 많은 사람들이 걱정 말라고, 용기내라고 격려를 해줬는지 모릅니다. 그래서 고마 눈 딱 감았습니다.

진짜 시인들은 시를 언제 어떻게 쓰는지 몰라도, 나는 일하면서 자연과 이야기하다 보면 시도 되고 노래도 되데예. 그런데 나는 왜 자꾸 자연과 이야기하노···. 생각해보니 사람이 그리워서 그런 거 같네예. 어릴 때부터, 시집와서도, 나이 든 지금도, 왜 이리 사람이 그리운지요. 사람이 그리워서, 더 보고 싶은 사람이 되고 싶어서, 이 못난 시와 서툰 노래를 여러분 앞에 살째기 내놓습니다. 부디 예쁘게 봐주이소.

2019년 3월 매화 피는 봄
홍쌍리

추천사

남녘의 봄은 참 부지런도 합니다. 아직 멀었을 텐데 하면 벌써 곁에 와 있고, 별게 있겠나 하면 별의별 걸 다 풀어놓습니다. 우리네 농민들 같고, 우리네 엄니들 같습니다. 또 있습니다. 제가 아는 홍쌍리 명인이 그렇습니다.

홍쌍리 명인은 항상 한발 앞서 있었습니다. 온 산의 밤나무를 베어내고 매화나무를 심을 때도, 매실로 온갖 먹거리를 만들어 낼 때도, 꽃잔치를 벌여 사람들을 불러모을 때도 그랬습니다. 그러느라 당신의 손가락은 마디마디 옹이가 지고, 나이 어린 자식들은 고목 같은 엄마를 원망하고, 모르는 사람들은 저 무슨 팔자냐며 혀를 차기도 했습니다. 꽃샘추위 없이 오는 봄이 없듯, 명인이 걸어온 길에도 눈보라가 세찼습니다.

그럴 때마다 명인은 연필 한 자루 쥐어들고, 백지 한 장 펼쳐놓고, 한 자 또 한 자 써내려갔습니다. 가만히 속으로 읽으면 시가 되었다가, 흥얼흥얼 가락을 붙이면 노래가 되었다가…. 처음엔 일기처럼 혼자만 품고선 썼다 고쳤다 했지만, 나중엔 이 사람 저 사람 바리바리 싸줄 때마다 편지처럼 손에 쥐어줬습니다. 집에 돌아와 그 글을 읽으며 속으로 웃고 운 이들이 저 말고도 많으실 줄 압니다.

이 책 『행복아 니는 누하고 살고 싶냐』는 그 숱한 시와 노래 중에서 98편을 가려 실은, 명인의 첫 시집입니다. '홍쌍리' 하면 가장 먼저 떠오르는 '매화(梅花)' 두 글자를 나무 목(木), 매양 매(每), 풀 초(艹), 될 화(化) 네 글자로 풀어놓고, 명인의 삶과 사랑, 눈물과 한숨, 희망과 교훈을 한 편 한 편 엮었습니다. 명인은 시를 통해 오늘을 사는 우리에게 이야기합니다.

나무처럼(木) 굳건히 나를 지켜준 그들, 가족과 이웃이 있었기에 오늘이 있다고.

한결같이(每) 흙만 보고 산 세월, 힘겨웠지만 자연 속에서 더없이 행복했다고.

풀처럼(艹) 때로는 흔들렸으나, 그래서 마음을 다해 시를 쓰고 노래를 불렀다고.

되리라(化) 아름다운 농사꾼, 이 땅의 청춘들도 흙의 주인이 되어 행복해달라고.

여러분께 권하는 이 시집에, 저 엄숙한 문학의 잣대를 들이대면 어떤 평가가 나올지 궁금합니다. 오늘날 젊은이들의 감수성과 얼마나 닿아 있을지도 모르겠습니다. 하지만 이것 한 가지만은 자신 있게 말씀드릴 수 있습니다. 말이 아닌 삶이 시가 될 때, 밤이 아닌 새벽이 노래가 될 때, 그 시와 노래는 세상을 지금보다 더 참되고 환하게 밝혀줄 것입니다. 그런 시와 노래를 쓰고 부를 수 있는 사람, 이 땅에 우리 농부들만 한 사람이 있으며, 그중에서도 우리 홍쌍리 명인만 한 사람이 있겠습니까.

남녘의 봄은 참 부지런도 합니다. 올해도 꽃가지 가지마다 어김없이 찾아와, 명인이 평생토록 가꾼 청매실농원 언덕은 벌써 꽃대궐입니다. 이 좋은 계절, 맑은 꽃차처럼 향긋한 이 시집을 여러분과 함께 읽게 되어 행복합니다.

농협중앙회 회장 김병원

계실 때
잘할 것을

내 눈기가
젖네요

1장

나무처럼
나를 지켜준 이들

막내아들과
강아지

산에서 일하다 허기져 집에 와보니
흙장난감에 얼룩진 막내아들
밑 없는 바지에 어미개 등을 베고
강아지는 어미개 젖을 물고
나무 그늘에서 잠든 막내를 매질할 때
엄마 니는 밉다
나는 강아지하고 안 놀면 누하고 놀라카노
울면서 맨발로 도망가는 내 새끼

울다가 흙손으로 엄마 빈 젖 물고

엄마 얼굴 빤히 처다보고

엄마 젖가슴에 얼굴 비비다가 웃는 내 새끼

엄마 나는 동무가 와 없노

이 산속 외딴집에 동무가 어디 있겠노

땀내 나는 엄마 젖가슴 흙그림

막내 니 얼굴이 그린 땀-눈물-흙그림에 울다가 웃었다

막내야 사진기 있으면 한 방 찍어놀걸 그자

세상에서 제일 잘생긴 우리 막내

땀에 흙화장을 하고 눈만 깜박거려도

어떤 왕자가 이렇게 잘났겠노

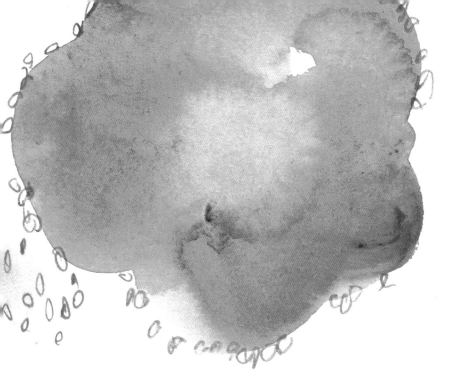

"막내야 나중에 돈 있으면 사진 한 장 꼭 박아놓자 막내야"
"엄마 나는 세상에서 우리 엄마가 제일 좋다 그자 엄마"

보소 수야 아부지

보소 그 잘생긴 수야 아부지 어디 가고
앙상히 말라버린 수야 아부지
좋다 하는 약초는 다 고아서 해드렸는데
목욕시킬 때마다
수야 엄마 너무 아프다 함서 손 잡아주던 수야 아부지
병든 서방 잘못 만나 고생한 수야 엄마
돌아누워 눈물짓던 수야 아부지

다독다독 안아주면 그 큰 눈에 샘물처럼 눈물 고인 수야 아부지
앙상한 당신 보듬고 잠재울 때마다 머슴 같은 이 마누라 눈물에
수야 아부지 얼굴 다 젖네

보소 수야 아부지 당신 몸이 너무 가벼워 우짜노
30년을 아픔과 싸워야 했던 수야 아부지
많이 못 안아주고 말동무 못 해드려 미안하요 수야 아부지
당신 똥기저귀 치우면 고맙다 수야 엄마 하던 수야 아부지
팔다리 많이 주물러드리지 못해 미안하요 수야 아부지

보소 눈비바람에 꽁꽁 얼어도
날마다 밤 열 시면 찬물 둘러쓰고
동서남북 보고 두 손 모아 빌고 또 빌었는데
30년 기도가 부족했는교 일하다가 흙손으로
큰 바위나 맑은 물만 봐도 두 손 모아
우리 수야 아부지 병 좀 나아주소

보소 애기 같은 수야 아부지
저 하늘에서는 울지 말고 아프지 마이소
수야 아부지

엄마 불이 벌렁벌렁하데

아이들은 엄마 기다리다
쇠죽 부엌에 고구마 구워 먹다
부엌 앞 거무작에 불이 붙어 좋다고
손뼉 치며 웃고 노는 아이들

산에서 일하다 연기 나서 쫓아와 불 끄는데
아찔한 엄마는 야 이놈들아
집에 불나뿌면 우짤 끼고
엄마 배고파서 고구마 굽는데
거무작에 불이 벌렁벌렁하데
엄마 불나면 안 되나
엄마 불나는데 재미지더라
엄마 구운 고구마가 참말로 달고 맛있더라
엄마 니도 좀 먹어봐라
엄마 입에 넣어주던 아이들

숯검정 그림에 얼굴 꼬라지가 뭐고
얼굴 씻기며 엄마가 잘못했다
고구마 좀 삶아놓고 일 나갈 것을
집에 불나면 우짤 뿐했노
아이들 보듬고 울다 웃었다

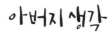

아버지 생각

철없는 며느리
눈물 바위에서 눈물지으면
어깨를 다독이며
소매 끝으로 눈물 닦아주시던 우리 아버지
이 며느리 손 꼭 잡고
니는 내 며느리가 아니라
내 큰아들
서방 병수발에 저 많은 짐
우리 며느리 어깨가
너무 무거워서 어쩌나 하시던
우리 아버지
야야 부아 날 때는 울지 말고
소리 한번 크게 질러뿌라
부글부글 끓는 니 가슴이 후련하도록
그냥 두면 병날라
다 털어뿌라

야야 애미야

세상에서 제일 서러운 게 배고픔이더라
형님아 손 잡고 밥 얻어먹으러 다니면서
형님아 우리는 와 엄마가 없나
우리도 엄마가 있으면 배불리 밥 먹고 뜨신 방에 잠자볼 낀데
우리 엄마 아버지 한번만 봤으면 참 좋겠다

짚단 이불 속에 잘 때 흘린 눈물이 다 얼도록 추워
꼭 보듬어준 형님아 품에서
형님아 너무 배가 고파서 잠이 안 오네
다 떨어진 옷을 겹겹이 입고
형님아 짚단 이불이 있어 고맙제
열 살이 다 되어서는 눈칫밥 먹기 싫어
형 따라 남의 집 소풀도 베고 나무도 하고
발바닥은 다 떨어지고 발등만 덮인 버선 사이로 발이 터서
피가 삐죽 밤이면 더 아프더라
설날에 주인 아지매가 솜귀마개 솜장갑 솜버선을 만들어주시어
쇠죽 부엌 앞에서 참 많이 울었다
엄마도 아닌데 너무 고마워서

우리 아버지 이 며느리 손을 꼭 잡고
야야 애미야
이 시애비도 엄마 없이 니 서방도 엄마 없이 니도 엄마 없이 컸으니
도망가지 말고 내 손자 잘 키워주라
병든 서방 빚쟁이들
우리 며느리 불쌍해서 하심서
우시던 우리 아버지

자식이 팔남매 있어도 니는 내 며느리가 아니라
내 큰아들이다 하시던
우리 아버지

삶의 용기 준 아부지

야야 똥도 약이다이
매화꽃 심고 싶어 밤나무 베다 떨어져 다친
허리를 보신 아부지
무슨 여자가 겁도 없이 나무 위에서 톱질하냐
야야 왜 이러고 사냐 그만하자 제발 좀 그만해라
통시에 담가 일 년 된 대토막 속에 든 똥물을
숯불에 따뜻하게 데워주심서
똥물 먹어야 안 도진다
옛날 반란군 놈들한테 맞아서 부러진 뼈를 똥물 먹고 나았다
며느리 손 꼭 잡고
"야야 제발 허리 다치지 말거라"
똥물 덕으로 걷고 일할 수 있게 해준 고마운 우리 아부지
머슴같이 부려먹어서 함서
다독여줌서 눈물짓던 우리 아부지
며느리 잘 자라고 우리 수야 보듬고 주무시는 우리 아부지

팔십팔세 칠월칠석날 저 세상 가신 아부지

양지바른 곳 우리 집 앞에

아부지 무덤집을 지어 힘들 때마다 보이지 않는 아부지 앞에

며느리 용기 달라고 하소연 들어줄 아부지 계셔서

꽃동산을 만들 수 있어 고마운 우리 아부지

비가 오나 눈이 오나

두 손 모아 기도할 수 있는 영혼이 계셔서 고마운

우리 아부지

짚신과 검정 고무신

매화나무 심으려고
삼천평 넘는 대나무 뿌리 파내다가
힘껏 찍은 쇠스랑에 발등이 찍혀
뼈에 박힌 쇠스랑을 시숙님이 빼내는데
얼마나 아픈지 악을 쓰는데

쇠독 오를까봐 입으로 피를 빨아내고
쑥 뜯어 비벼서 붙이고
칡잎으로 싸고 칡줄기로 짜매서 지혈되라고
내 발목을 흔들어주던 시숙님
소매 끝으로 눈물 닦으시며
제수씨 왜 이러고 사요
대나무도 돈 되는데
시숙님 매화나무 심을라고예

찍힌 왼쪽 발이 너무 붇고 아파서
큰 짚신 왼발에 신고 오른발엔 검정 고무신
몇 달째 일하다 쇠스랑 찍힌 발목에 피고름이 질질

된장 바르다 유근피가루 바르고부터
새살이 차오르기 시작해도
큰 짚신 삼아주신 이 노인 덕으로
날마다 지팡이 짚고도 일할 수 있어 고맙습니다
그 흉터 크게 남아
비 올라 하면 지금도 심벅거린다

소쩍새

엄마

누나는 왔나

아이다 아버지가 데리러 갔다

기영아

밤늦게 산길 올라오는데 무섭제

무섭지는 않은데 소쩍새 우는 소리가 슬퍼서

기영아 배고프제

밥 차리는 동안에 단감 일곱 개나 먹고

목욕하고 보리밥 한 그릇 먹고

또 공부함서 마음에 안 드는 글을

지우개로 지우다 공책이 구멍이 나면

다른 종이에 써서 밥티로 다시 붙인 글씨가

너무 바르고 꼼꼼하더니

학생들에게 존경받는

선생이 되었네

기영아 선생이 되고 싶으면

니 제자가 결혼해서 자식이 선생이 되겠다 할 때

김기영 같은 선생이 되란 말을 들을 수 있다면

선생님이 되거라

한번은 교장 선생님께 도망간 내 새끼들 찾기 전에는

학교 못 갑니다

교장 선생님이 찾아와서는

김 선생님 잘 키워줘서 정말 고맙습니다

한번은 학생들 왔길래 지금은 도망 안 가냐

김 선생님이 잘 챙겨줘서 도망가는 학생 아무도 없습니다

할 때 내 아들 기영아

고맙다

엄마가 미안해

엄마가 엄하면
자식은 울보 되는 걸 몰라서 미안해
좋은 것은 못 보고
나쁜 것만 나무라는 엄마가 미안해
자식이 하고 싶어 하는 일 못하게 해서 미안해
남들과 비교하면 표정이 달라지고
자연히 멀어지는 걸 몰라서 미안해
어릴 때 사랑 못 받은 자식인데
50년이 넘어가도 무서운 엄마로 남게 해서 미안해
엄마가 자식 욕심 너무 많으면
자식은 자꾸만 멀어져가는 걸 몰라서 미안해
부모가 거목이면 자식은 매미처럼 울고 있는 걸
엄마가 몰라서 미안해
먹고사는 게 너무 바빠서
사랑이 뭔지도 모르고 산 엄마가 미안해
그래도 잘 커줘서 고마비

판잣집 고모

가로등 없는 40계단 올라가
판잣집 나무문 삐거덕 소리에
"누고?"
"고모 나요"
"야 이년아 또 퍼주다 쫓겨났제"
"고모 못사는 사람 좀 퍼주면 어때서"
고모가 주는 밥 꾸역꾸역 먹는데
눈물이 쏟아지네
숙모한테 쫓거나도 잠재워주고
내 설움 다 들어줄 엄마 같은 고모 품에
울다 잠이 들었제
고모 있어 내 하소연 다 들어주고
고모가 있어
참 고맙습니다

할배야

아이를 업고 와서 일 좀 하자 하네
아이는요
애미가 저 세상에 가버렸네
아이가 커서 공부 잘해서 좋은 직장까지
며느리 잘 봐서 몇 번이고 모시고 가도
일주일도 못 있어 또 오고 또 와서는
서울 며느리 밥보다 수야네 밥이 제일 좋더라

가끔은 하동장에 가서 술 먹고
짚으로 짜맨 갈치가 상해서 창자가 질질
술에 취해 넘어질 때마다
흙범벅이 된 갈치를
수야네야 한번 구워 먹세
아무리 씻어도 숯불에 구운 갈치는
씹을 때마다 흙이 씹히는데
와 이리 맛있노

이 노인 고맙습니다

92살까지 살아도 보고 싶은 이 노인아

머슴이 아니라 꼭 우리 친할배 같은 이 노인아

한 맺힌 노래 소리 지금도 생각이 나네

아들 손잡고 돌아서 갈 때

수야네야 수야네야

우시던 할배야

친구야

오늘은 이 친구 내일은 저 친구
잘나고 유명한 사람 자주 만나
밥 먹고 차 마시고 골프 치는데
정작 외로움 들어줄 친구는
가수나 너뿐이었어
밤늦게 전화로 넋두리해본다
친구야 우리 서로 유식한 말보다
욕하고 하소연 들어줄 친구가 있어
가슴이 시원하네

가수나야 언제든 내한테 다 퍼부뻐라
우린 동갑내기 낼모레 팔십인데
우리 서로 외로움을 채워줄
니는 노래하고 나는 농사짓는
도시 가수나 촌 가수나
어쩌다 만나 방송도 같이 하고

만나면 헤어지기 아쉬워
우린 보고 싶고 그리운 친구
하고 싶은 말 다 할 수 있는
도시 가수나 촌 가수나

소중한 내 헌 옷아

부산 언니가 이 집 저 집 한 보따리씩 주워다 준 헌 옷과
아이들 운동화가 너무 고마워 옷보따리를 안고 실컷 울었다
큰아들 운동화 구멍 난 바닥을 때워 신기고
옆이 터진 운동화는 천으로 꿰매 신겼제
도시 사람이 버린 옷이 내겐 너무 소중해서
밭맬 때 등짐 질 때 땀이며 흙 묻은 헌 옷도 밤에 씻어
덜 말라도 아침에 또 입고
꿰매다 꿰맬 수 없을 만큼 다 떨어져도
내가 만든 검정비누로 씻어 입으면 깨끗해서 좋데
다 떨어져도 여름에는 시원해서 좋고
다 떨어져도 겨울에는 겹겹이 꿰매고 또 꿰매면 따뜻해서 좋데

내 땀 눈물 닦아준
손수건 같은 적삼아 고맙다
친정엄마가 해준 옷빠루치마 55년 동안 잘 모셔두었고
22년 된 밀짚모자는 사연이 너무 많아 버릴 수 없데
떨어진 런닝 팔을 잘라 팬티 밑을 꿰매 입고
폭폭 삶아 씻어 입으면 20번 더 입는다

다 떨어진 옷 장갑 양말 신발 모자는 꿰맬 수 있는데
다 떨어진 어매 가슴은 왜 약도 없고 꿰맬 수 없는지
다 떨어진 헌 옷 같은 아픈 세월도 다 지나가더라
아련히 떠오르는 긴 세월 땀 눈물 아픔 꾹꾹 누질라 담은
어매는 지금도 흙 묻은 천사로 살고 싶다

사람아

사람이
사람을 미워하면
내 마음 아플까 봐
주변이 힘들 때
내 탓이요
덕은 여러분 덕이요
미움도 사랑할 줄 아는 사람
내가 먼저 인사할 줄 아는 사람
안 보면 생각나는 사람

부모는

밥 떠먹여주지 말걸
떼 부릴 때 달래주지 말걸
배고프면 니 손으로 밥 떠먹게 할걸
넘어지면 혼자 일어나는 힘을 키워줄걸
자식이 뭘 좋아하는지 한 우물 파도록 알려줄걸
추울 때 덮어주는 이불
배고프면 밥 주는 부모는
자식에게 빚쟁이로 살아야 하는가
머리가 백발이 되도록
부모는 자식 걱정
부모님 살아 계실 때
사랑한다
안부 전화 자주 좀 하고 살자

선물

모든 시름 다 내려놓고
정 붙이고 일할 수 있는 흙이 있어 고맙습니다
더덕 같은 손으로 일을 낙으로 살던
우리 엄마들은 시어매 남편 시집살이
그 긴 세월 가슴앓이도
눈 감고 귀 막고 입 다물고 못 봤다 못 들었다
서러움의 삶을 어찌 잘 참고 살았을까
그래도 우리 엄마들은
자식 잘되라고 장독 위에 정한수 떠놓고
기도하던 물중발에 떨어진
엄마의 눈물
그래도 자식 있어 다 참고 살 수 있었제
자식같이 좋은 선물
또 어디 있을까

팔남매

보리짚단 그늘에 아기 눕혀놓고
뜨거운 햇볕 등에 지고
보리이삭 줍던 우리 어매
해가 지면 아기 등에 업고
보리이삭 머리에 이고 와
절구통에 빻아
쑥보리밥 해주던 우리 어매
쑥보리밥 한 그릇도 감사히 먹던
우리 팔남매가 건강해서 좋다 하데
내 새끼들 쑥보리밥이라도 배불러야
싸우고 울고 웃는 형제가 많아야 행복이제
어매의 소원은 자식 입에
밥 들어가는 것

퍼주는 재미

산과 들에는
보고 싶고
내 사랑이 그리운
꽃과 나무들이 날마다 기다려주는 재미로
산과 들로 쫓아가
니들과 이야기할 때가 행복했단다

그런데 나이 들면 맛있는 것 있으면
이웃들과 나누어 먹는 재미로
하루하루를 사는 촌할매들
멀리 있는 자식보다
동네 이웃들이 아플 때 따신 죽이라도
말동무라도 되어주고

건강하게 오래 살려면
농사지을 힘 있고 이래 살아 있을 때
많이 퍼주입시더

자식 전화도 언제 오나 기다리지 말고
저거 무탈하게 잘살면 된 거지 뭐

그래도 퍼줄 때가 재미지더라

떡국 먹고 나이 먹고

떡국 먹고 나이 먹고 세월 먹고
울고 웃던 긴 세월 다 지나가네
잘 참고 살아줘서 고마운 세월아
고목나무에 꽃 피듯이
헛되지 않은 삶이었으면 넋두리 해보네
세월아 어디까지 갈 것인가

나이 먹는 것은 다 잊어버리고
설날 먹을 음식 함서 힘들어도 재미있다
형제 자식 손자 다 만나 웃으면서
조상님 제사 모시고 먹는 떡국이 와 이리 맛있노
이 모두가 조상님 덕분이요
음식 싸주는 재미도 참 좋았네

아버지 며느리 됨이 참 행복합니다
나누어 먹을 음식 있어 행복한 이 순간

아버지 며느리 솥뚜껑 같은 손과 머슴으로
살게 해주셔서 행복합니다

아버지 이 며느리 7학년 4반
떡국 먹고 나이 먹고
또 한 해가 다 지나가네요
이 모두가 아버지 덕임을 가슴 깊이 숨겨두었다가
힘들 때 꺼내봅니다
아버지

말 없는 당신

표현할 줄 모르는
당신의 눈물 속 촉촉이 젖은
사랑을 왜 몰랐을까
손 꼭 잡고 말없이 바라보는
아픈 내 당신아

손 놓고 멀리 가신 뒤
후회한들 아무 소용없는걸
옆에 계실 때 잘할 것을
내 눈가가 젖네요

그래도 다 잊고
일에 미치리라
가꾸어왔던 내 꿈
그것만이 내 인생, 내 세월

살째기 뒤돌아보니
고생은 했지만
곱게 늙어가는 내 모습이
다 당신 덕분인걸

고맙습니다

아버지

가랑잎에 드러누워
45년 머슴살이 너무 서러워
엄마 손 놓고 바람 따라 떠나갈 때
가랑잎 한 아름 안고
가만히 눈을 감아보네

그 옛날 며느리가 울고 있을 제
아버지는 어깨를 다독거려주고
내 손을 꼭 잡고서
야야 니가 내 며느리가 되어줘서 고맙다

가을이면 아버지는 모닥불에 밤을 구어
내 입에 넣어주셨네
딸같이 잘 키워
아름다운 농사꾼으로 살게 했네

아버지는 가랑잎 떨어지는 천국에
이름 모를 꽃 뿌리 이불 되어
눈길 가는 곳마다 나를 지켜주네

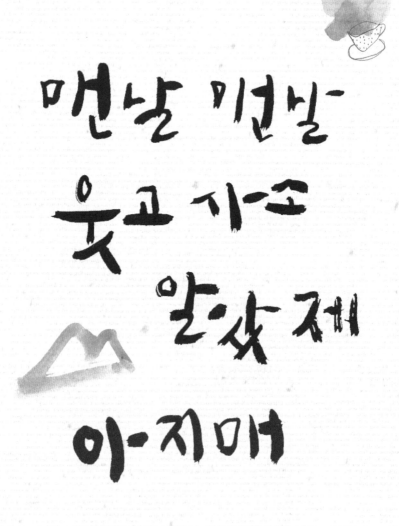

맨날 맨날
웃고 지조
않았제
아지매

2장

한결같이
흙만 보고 산 세월

마중
나갈게

나무야
바람이 니 손목을 비틀어 아파도
추운 겨울이 있어
봄이
희망을 안고 마중 나올 수 있는 것이
자연과 인간의 삶이제
사랑하는 사람이 기다리는
봄아

높은 산 넘어올 때 희망을 손잡고 오너라

봄아

봄아
강 건너 올 때 희망을 업고 오너라

꽃샘추위 찬바람에 희망을 꼭 보듬고 오너라
사랑하는 마음 가슴 가득 담아
사립문 열어놓고
마중 나갈게

봄아 꽃아

먼 남쪽나라
봄아
엄동설한 찬바람 그 길이 너무 멀제
꽃 가수나 보고 싶어 바삐 오는
그 임은 봄
일 년을 기다려야 만날 수 있어
그리움에 지쳐서
내 사랑 봄아 꽃아
저 넓은 모래 위로
그 임과 손 잡고 발자국 남기며
끝없이 걸어가보고 싶어라
봄아 꽃아
내 사랑아

버들강아지

이른 봄
얼음 속으로 흐르는 개울물 소리
봄이 오는 소리에 잠에서 깨어나
비탈진 산기슭 하얀 눈 속에서도
양지바른 개울가에 버들강아지 피어
꽃샘추위에 오들오들 떨면서
산신님께 기도하네

복수초, 진달래, 그리고
보고 싶은 꽃 가수나 버들강아지야
해마다 다시 만나 사랑할 수 있어 행복해
꽃도 열매도 아닌
니 품이
너무 따뜻해서 말이다

이 봄도 행복하단다

꽃-벌-나비 사랑

봄이면 이름 모를 꽃들은
흙 속에서 겨울잠 깨어나고
향기로운 꽃 속에선 벌-나비가
꿀밥 많아 행복해서 윙윙 할 때
꽃밭 매는 어매들은 시집살이 고생한 이야기
영감 못났고
아들 불쌍코
며느리 욕하는 부아풀이 재미지다 하네

꽃 가수나는 벌-나비야 내일 또 와
매화나무 그늘에 들국화 감국 향유 피는 초가을엔
꽃 속 꿀밥 배불리 먹고
벌은 배 두드려감서 윙윙 노래 부르고
나비는 나풀나풀 춤추고
예쁜 꽃들이 벌-나비 불러 모아
춤추고 노래 부르는 잔치에
개미들은 줄지어 벌-나비 먹다 남은 찌꺼기 물어 나른다

꽃이 좋아 꽃을 심어 꽃처럼 살고 싶어
울고 웃으며 살아온 세월아
우리도 꽃-벌-나비처럼 살아보고 싶어라
하얀 머리 바람에 날릴 때까지

이 어매 어쩌라고

부모는 자식 얼굴만 봐도
어디가 아픈지 알듯이
매실도 저 나무가 벌갱이 똥 있는지 없는지
5월 말 되면 매실씨 속에
매인(梅仁)을 먹고 사는 씨좀벌갱이
3년이면 매화나무가 죽는데
매화나무 살리기 위해
수확하기 전에 막대기로
씨좀벌갱이 먹은 매실을 떨어버린다
그래야 매화나무가 사니까

매화나무 심으면서 흘린 눈물
저 매화나무는 내 인생인데
매화나무가 죽으면 내 가슴이 무너지는 것 같은데
매화나무가 한 주 한 주
죽어가는 걸 본 나는
매화나무 붙잡고 참 많이도 울었다

이 어매보다 먼저 가는
매화나무야
이 어매 어쩌라고

미안하다 내 손아

무쇠 솥뚜껑 같은 내 손아
처녀 때 곱던 모습 어디 가고
밭맬 때 손톱 밑에 피가 삐쭉한 내 손아
트고 갈라지고 시리고 아파서 눈물 질금 나던 내 손아

한평생 호미로 써먹던 내 손아
밤이면 양말 헌옷 꿰매고 글 쓰던 내 손아
매실 따다 나무에서 떨어져 허리가 너무 아파
두 손으로 똥물 마시며 울던 내 손아

비가 올라 하면 마디마디 쑤시고 아픈 내 손아
주인 한번 잘못 만나 고생만 한 내 손아
미안하고 고맙고 불쌍한 내 손아
90살까지만 고생 좀 더 하자 내 손아

목발 짚음서 넘어질 때마다 다친 내 손아
풀 벨 때 뼈가 다쳐 얼마나 아팠냐 내 손아

변소 똥 풀 때마다 아무리 씻어도 냄새나게 해서 미안한 내 손아
넘어지고 자빠지고 다칠 때마다 약이 없어
된장 바르고 쑥뜸 할 때 시리고 따갑고 아파서
울면 눈물 닦아준 내 손아

내 손이 이렇게 말하네
"어매 니 손 밤에는 좀 쉬면 안 될까?
그렇게 한평생 살아온 어매 니 손, 꼬라지 좋다"
그래도 이렇게 든든한 내 두 손 있어
고맙다 내 손아

해국아 감국아

이 엄마가 외국 환경농업 연수를 갔다 와서
산에 올라가보니
꽃 딸들 모두 삐져 안 쳐다보기에
해국아! 감국아! 엄마 왔다
엄마 니는 어데 갔다 인자 왔노?
덴마크 밀밭에 양귀비 보고
독일의 푸른 초원 보고 왔다

엄마 딸 우리보다 더 이쁘더나?
아이다, 다녀봐도 내 딸같이 이쁜 딸들 없더라
해국 꽃아, 엄마 뽀뽀 한번 해주라
엄마, 내 얼굴 예쁘다고 포근히 한번 보듬어도라

이 꽃 저 꽃 딸들이
엄마 니는 바람났나?
오늘 입은 옷이 너무 곱다 아이가
어떤 꽃 딸은 너무 반가워서 엉엉 울고

오, 내 딸들아
인자부터는 너무 오래 연수 안 가꾸마
자식들은 제 갈 길 바빠 날마다 못 봐도
니들이 있어 이 비탈길을 하루에 몇 번씩 올라도
힘든 줄 모르고

이런 저런 얘기하며 우린 행복했었제
보는 이마다 샘이 나도록
행복해야제

흙 묻은 몸뻬야

비탈진 산에
풀뿌리 뽑은 지 52년째
다리가 아파서 퍼질러 않아
풀 뽑다 해가 지면 집에 와서
입었던 몸뻬바지 현관 밖에 벗어놓고 돌아서는데

엄마
흙 묻은 몸뻬바지는 더럽다고
문밖에 벗어버리고
엄마 니만 씻고 따신 방에 잠잘 끼가
나도 좀 씻어주라

몸뻬야
니는 솜바지라 오늘 씻으면 내일 마르지 못해
일주일에 한 번씩 씻제
부아 내지 말고 찡찡 부리지 마라
흙먼지 많이 묻어 문밖에 벗어놓을 뿐이지

몸뻬야
니 없으면 추워서
이 엄마 일 못 하는 거 알지야
남들한텐 걸뱅이같이 떨어진 몸뻬라도
이 엄마가 세상에서 제일 사랑하는 줄
니는 알지야

배추야 - 2015년에 부친 김장 편지

사랑으로 키운 배추는
흙 속에서 세상 밖에 나옴서
벌갱이 땜시 또 한 차례 아픔
벌갱아 달팽아 배추 맛있나?
맛있으면 니도 먹고 나도 먹자
니가 쬐끔 먹는다 하면 니 안 잡을게
인건비가 많이 들어서
가을 된서리 아픔도 가시기 전에
알찬 배추는 뿌리와 이별하는 아픔
또 두 쪽 네 쪽 잘려 수술하는 아픔
소금물에 네 시간 동안 진이 빠지는 아픔
다 이겨낸 배추가 내는 김치의 참맛

양념은
① 생태-새우-다시마-무-양파를 삶은 육수
② 4월에 시집온 항아리 속에 담근 멸치젓 새우젓에
　　머리 뗀 참조기

①번 ②번을 잘 배합한 액젓에
마늘-생강-청각-파-미나리-당근-고춧가루를 잘 섞은 양념

배추포기가 예쁜 화장을 한 김치를 사람들은 맛있다 하는데
배추포기는 얼마나 쓰리고 따갑고 아팠을까?
사람 같으면 "악" 하고 소리 질러 울 것인데

배추의 아픔과 농민의 땀이라 여기시고
김치 국물 버리시면 씨씨티비 답니데이
농민이 키운 배추김치 보약으로 드시고 건강하이소
우리 다 같이 맛있는 배추김치처럼 살아요

소도 가족이다

산그늘 외딴집 겨울은
점심 먹고 오줌 싸고 바지 올릴 시간도 없이
햇님이 산등에 걸터앉았네
어서 솔잎 긁어모아 새끼로 묶어
머리에 이고 와 집 뒤안에 쌓는 이 기쁨을
부자는 우째 알겠노

소죽솥에 불 땜서
부지깽이로 솥뚜껑 두드림서 신나게 노래 불러보아라
부엌에서 불꽃도 좋다고 춤을 추네
소죽 끓여준 나무 밥통에 김이 모락모락
소도 맛있다고 시익 웃네
소죽에다 보리 죽제 한주먹 뿌려주면
송아지는 좋아서 폴딱폴딱 뛰고 또 뛰네
송아지야 맛있냐

소죽 퍼준 빈 솥에 설거지한 물 붓고
뜨뜻한 소죽솥에 손발 담그고

돌멩이로 때 밀던 우리 형제는
장난치다 손발 다 씻고 동동구루마 바르고
하하 웃음소리에
엄마는 "잠 좀 자거라"
이불 둘러쓰고 웃고 또 웃었다
머리가 희끗희끗한 지금도
철없던 그 시절 그리워서 눈가가 젖네
보고 싶은 엄마 아부지 덕인데

삼복더위에 핀 별개미취

아지매요
매화나무 그늘에서 쉬어가며 밭 매이소
예쁜 꽃 따다 왕관도 만들어 쓰고
노래도 좀 불러보소
시원한 바람결에
세상에서 제일 아름다운 춤 우리가 춰줄 테니
아지매들 웃음소리 이바구소리
너무 재미있어 정신이 다 없네예

아지매요
덥다고 아지매들만 물 먹지 말고
우리도 더워 죽겠다 물 좀 주소
소낙비라도 내려주면 목도 적시고
목욕까지 하고 나면 시원할 낀데
우리는 매화나무 그늘에서도 목마른데
아지매요 정말로 덥지예

그라고예 아지매요
힘든 일 있으면 내 한번 쳐다보소
벌개미취 딸랑구들은 만날 활짝 웃고 살더라 생각하소

맨날 맨날 웃고 사소
알았제 아지매

죄인처럼

죄인처럼 말 못하고 참고 산 내 젊은 날
동네 사람들은 기센 여편네 만나 달웅이가 아픈가
저러다 서방 까먹어버리면 시아바이 우찌 살 낀가
세상에서 제일 부러운 게 건강한 부부 둘이서 밭일함서
도란도란 얘기하는 모습
먼빛에 바라보는 내 눈가에 왜 이리 이슬이 맺히노

남들 사는 세상 못 살아본 아까운 내 젊음
다 가버리네
그 놈의 병이 뭐길래
눈 감고, 귀 막고, 입 다물고 산 내 젊음
흙아, 나무야, 꽃아, 물아, 니들이 있어
울고, 웃고, 욕하고, 가슴앓이 풀 수 있어 내 살았제
내 마음 알아줄 니들이 있어 내 살았제

꿈같이 지나온 세월 니들 없었다면
오늘의 내가 있겠는가

한없이 고맙다
흙처럼, 물처럼, 나무처럼
못난 듯 잘 살아갈게

땀방울이 보석이라면

이 여인의
땀방울이 보석이라면
이 여인 땀방울 보석을
방울방울 실에 엮어
마음 아픈 가슴마다
다 걸어주고 싶은데

이 여인 땀방울 보석은
실에 낄 수 없는 보석이라
이 여인 땀방울 보석은
너덜너덜 다 떨어진
이 여인 가슴만
다 적시고 말았네

들꽃도 꽃인데

온실에서
사랑으로 키운 꽃이여
그 추운 겨울 흙 속에서
꽁꽁 얼어붙은 풀뿌리
차디찬 봄바람에 피는 들꽃의 심정을
온실에서 큰 꽃
니들이 어찌 그 아픔을 알겠냐

사람 손이 없어도 사랑이 없어도
해마다 다시 피는
들꽃들이여

내 아들 매실아

봄도 없는 5월 한여름에
매실 잎은 진딧물 땜시 파마를 하고
씨 속의 매인(梅仁)을 갉아먹고
매실 나무 밑둥치에 벌갱이 똥이 있어
칼로 껍데기 벗겨보니 매실 나무 속을
다 갉아먹어서 매실 나무가 죽고
벌갱이가 더 심한 올해 같으면
매실 아들 농사 우째 짓겠노

2011년도 작은 누에 같은 벌갱이가
매실 잎을 갉아먹은 산비탈에는
2년째 매실이 안 열지요
농약 좀 쳤으면 안 아플 낀데
미안하다 내 아들 매실아
이 어매도 류마티스 그 아픔도 약 안 먹고 쑥뜸 뜨고
농축액 먹고 일어섰다
손바닥이 부르터 터져도
칼로 껍데기 다 벗겨서 수술 잘해서

벌갱이 놈들 다 잡아주꾸마
매실 아들아

언제까지 벌갱이하고 싸워야 하는지
죽은 나무 안고 얼마나 울었는지
49년 키운 내 새끼들 아플까봐
이 어매 가슴이 아프고 답답하구나
이 어매 우짜면 좋노

재미있는 밭동무들

어느 오월 하얀 민들레 홀씨는
엄마 떠나 바람 따라 훨훨
어디든 시집가서 잘 살라고 손 흔드는
엄마 민들레는 눈가가 촉촉이 젖었네

칠팔월이면 보랏빛 도라지꽃 머리에 꽂고
핸드폰으로 사진 찍는데
활짝 웃는 주름 사이
땀방울 맺힌 내 얼굴이 와 이리 예쁘노

밭에서 꽃동무들과 놀다
밥때 되면 이파리 꽃순 꺾어서
된장에 보리밥쌈 쌉쓰름 떫은 이 맛에
간이 좋아서 춤추고
온몸의 피는 노래 부르며 흐르고
걸음걸이는 또 와 이리 재미있노

이 꽃 저 꽃 채소꽃 동무 삼아
잘 노는 행복한 농부

비트야

니는 잎도 줄기도 왜 그리 이쁘냐
잎은 붉은 긴 치마에
줄기는 늘씬한 긴 다리가
내 마음을 시원하게 하는 비트
밭에만 가면 와 이리 기분이 좋은지
피부는 예쁘지 않아도
속은 고운 피처럼 붉디붉어
국물김치 매실원액 만나면
마음껏 고운 빛깔 자랑

비트야 니는 채소가 아니라 예술이다
우리 몸속 피를 맑게 하는 비트
말려서 따뜻한 물에 차를 끓여 마셔도
고운 너의 색깔이
내 마음을 사로잡았네
비트야

너의 고운 빛깔에
아지매는 반하고 말았다
비트야

봄동아

눈발이 휘날리는 봄
봄동들이 추워서 오들오들 떨고 있네
밤에 얼었다가 햇볕에 녹은 봄동잎은
왜 이리 달고 맛있노
겨우내 봄동 이불 밑에 벌갱이가 바글바글
추위를 막아주는 마음 좋은 봄동
깨끗이 씻어서 나물-쌈-겉절이
만들어 먹을 때 벌갱이 있으면
집어내고 먹자
봄동 살고 벌갱이가 살아야
인간이 살제

노란 호박죽

호박꽃도 필 때는 예뻤는데
시들어가는 호박꽃은
나를 보는 듯하데
호박꽃이 지면 주먹만 한 풋호박
된장찌개나 국수에 넣으면
한여름의 그 맛이 일품
가을이면 누렇게 익은 덩치 큰 호박을
푹 삶아 끓는 죽 속에서
팥-밤-대추가 손잡고 덩실덩실 춤추는
노란 호박죽 보기만 해도
예뻐서 눈이 황홀하고
너무 맛있어 입에 넣으면
그냥 넘어가는 호박죽
늙고 잘 익은 호박죽같이 맛있는 삶
우리 모두 얼싸안고 사랑하는
마음으로 산다면
악연은 없을 것인데

감기는 일 년에 한 번

춥거나 기분 나쁠 때는 잘 체하지만
따시고 기분 좋을 때는 잘 안 체한다
하루 종일 추워서 떨다가 배고파
밤늦게 처음 먹어보는 생처녑에
체해서 감기가 올 줄 몰랐네

일 년에 한 번씩 감기를 해줘야
눈물 콧물 가래 다 뱉어내줘야
폐 기관지 설거지라 여긴다
체하면 빨리 위 속 설거지해줄
매실농축액을 따뜻하게 마시고
따뜻하게 땀을 내주고 쉬는 게 좋다

지금까지 감기로 병원 가본 적 없는데
유열 씨와 노래 연습 때문에
병원 가보니 의사 선생님이 진작 오시지
주사 맞는 게 무서워서예

제비꽃아

매화꽃잎 휘날리는 이 봄날
따뜻한 양지에 핀 제비꽃이
이슬비에 세수하고
부슬비에 손발 씻고
소낙비에 목욕하고
어두운 흙이불 벗어버리고
뽀샤시 세상 밖에 나와 보니
동무가 많아 참 좋다 하네

우리 인생살이도
들꽃만 같다면

법이 없는 나라
대문 울타리 없는 나라 되겠제
인간 울타리 백만장자가 되겠제
세상 사람 얼굴마다 웃음꽃이 피겠제

바람아 멈추어다오

일어날 수가 없네
밭매다 바람에 날아갈까봐
눈을 뜰 수가 없네
심술쟁이 바람에 흙이 날려서

손이 얼어서 겨우 일하기가 오늘로 나흘째
모질고 독한 겨울에 크는 저 풀은
이렇게 센 바람에도 춤을 추는데
나는 손 시려워 언덕 밑에
모닥불 피워 손 녹여감서 풀을 뽑는데

바람아 제발 좀 멈추어다오
일 좀 하자 산 밑이라
겨울에는 오후 세 시면 해가 진다
대국아 오늘은 해지기 전에
집에 가자

땅콩 도둑놈 쥐새끼야

너무 추워서
보리누름에 돌담 밑 밭뙈기에
땅콩 심고 풀 매고 땅콩 여물라고 흙 북하고
여름내 힘들게 땀 질질 흘리며 가꾸면서
새참 때 개울물에 흙손 씻는 둥 마는 둥
시원한 매실물 한 사발 마시고
고두심 동생이 보내준 제주도 보리빵 먹음서
이바구꽃 피우는 웃음소리에 자연도 좋아서 웃네

잘 가꾼 가을걷이 땅콩을 호미로 파는데
쥐새끼 도둑놈들이 땅콩을 입에 물고
새끼들 데리고 바쁘게 돌 틈 속으로 들락날락
겨울양식 하려고 땅콩을 물어가네
화가 나서 쥐새끼 잡을려고 돌담을 허물어
땅콩 얼마나 숨겼는지 돌담을 집어 던지고 보니
땅콩보다 돌담 다시 쌓으려면
내 허리가 더 아플 것 같아서

야! 이 쥐새끼야
그 더운 한여름 고생한 것 생각하면
자꾸 욕이 나온다 아이가
야 이 쥐새끼야 좀 작게 파 묵지
내년에도 시원한 그늘에서 자빠져 놀다가
또 올해맨쿠로 땅콩 많이 훔쳐 묵으면
니놈들 내 손에 죽는다

첫 부추는 남자 보약

첫 부추는
남정네들만 먹게 한 옛 여인네들
해석은 마음대로
부추는 따신 성질이라 남정네들에게
더 좋다고 하네

부추는 한번 베면 보름마다 또 베어
초가을까지 먹을 수 있어
칼을 부추밭에 꽂아놓는다
밭에 갈 때마다 부추 베어와서
나물도 겉절이도 부침개도 어디든 많이 쓰지만

몸에 좋아도 부추는 집에 심지 않는다
옛말에 집안에 초상이 나면
지붕에 흰옷이 올라가야
여인네들이 머리 풀고 곡소리 세 번 낸다
그렇지만 부추는 언제나 머리를 풀고 있어

집 안과 담장 밑에는 안 심고
좀 떨어진 텃밭에 심고
지금도 다른 채소 다 심어도
부추 심은 집은 없다

호미는 내 운명

15년 된 호미야
20년 된 다 떨어진 내 가방아
우리 셋 중 나는 왕초다
헤어지면 못 사는 우리는 삼총사
손바닥만 한 호미 니가 밥순가락만큼
닳도록 일만 부려 먹어서 미안해
일하기 싫으면 너를 바윗돌에 놓고
내 노랫소리에 잠시 쉬었다가 또 풀 뽑아주는
황금보다 더 소중한
내 호미야

오늘 오전에 산꼭대기에서 풀뿌리 뽑다
너를 잃어버렸네
오후 내내 온 산을 너를 찾다 못 찾아서
잠이 안 오네
20년을 내 허리 가방끈에 매달려 다니느라
고생한 호미야

불러서 니가 대답해줄 수 있다면
산이 찢어지도록 한번 불러볼 낀데
매화나무 가지치기 하는 사람 나무 쟁이는 사람 열일곱 명
그놈의 호미 때문에 저렇게 찾노
버리고 새 호미 하나 사지
구시렁거리네

농민의 삶

봄이면
꽃처럼 웃다가
숨 막히는 더위에 농사짓느라
고생한 우리 농부들이여
가을 곡식 거두느라
힘든 우리 농부들
좀 쉬라고
이 겨울, 밤이 새도록
눈이 내렸네
온 산천에
하얀 눈꽃이 피었네

정부야

우리 농민의 아들딸들이
제2의 고향 도시가 아닌
부모님 계시는 농촌으로
돌아올 수 있다면 얼마나 좋을까
토질 기후 그 고장의 특성을
잘 검토하고
맛 향 약성 살리는 새로운 농법으로
젊은이가 농사짓도록
인건비 주자
농민인증제 주자
집이 없는 자 집 지어주자
아이를 둘셋씩 낳게 하자 교육을 책임져 주자
우리 농민이 어디가 아프고 어디가 곪아터졌는지
치료해주고 수술도 좀 해주자
정부야

우리 농민은 너무 늙고 힘듭니다
조상님 일구신 소중한 이 땅 묵힐까봐

젊은이들 고향으로 돌아오게 하는 일
정부가 꼭 앞장서주기를
두 손 모아 빌고 또 빕니다
정부야

다 떨어진

여인서 가슴은

익도 없고

3장

풀처럼
때로는 흔들렸으나

별아 내 가슴에 · 누나야 · 똥장군 · 보리쌀 대끼는 새벽 · 못나서
내 마음 · 임의 눈물 · 가난 · 운동회 · 큰아들 작은아들 · 찢어진 팬티
한 집에 두 시누이 부부 · 웃음 헤픈 여인네 · 누룽지 한 그릇 · 글아
한 땀 한 땀 · 장롱 속의 헌 옷아 · 절구통 물거울아 · 통시문 · 눈물 · 향유야 · 희망아

별
아
내
가
슴
에

여름밤 목화불 피워놓고 평상에 드러누워
내 동무 별한테 얘기하네
별아
오늘도 일 배우는데
내 눈물에 콩 이파리 다 젖더라
처음 밭매던 새댁이는 일할 줄 몰라
눈물 보따리라네
나는 언제쯤 일 잘하는 새댁이라
칭찬 들을까

별아 부채로 모기 쫓으며
별빛 따라 어디론가 내 눈도 걸어가는데
별아 니는 왜 자꾸만 멀어져 가노
별아 북두칠성 저 별님께 헤어지기 싫어서
캄캄한 이 밤도 빛나는 푸른 진주 저 별은
늙지도 죽지도 않는 저 별처럼 살고 싶은
별아 내 눈물 닦아주고 잠재워주는 별아

새댁이는 이 밤도 별을 보듬고
홑이불 둘러쓰고 잠을 청하네
별아 니는 이 새댁의 마음 알지야

누나야

구학리 산골짝 그 먼 논두렁길을
동생 손 잡고 쉼서 올라가보니
남편은 어린 아들 손 잡고 인사도 없었다
시어매는 아픈 며느리 죽을까봐 아들 새장가 보낸다고
예쁜 처녀와 떡 다섯 국석을 담아 바빠 보였다
시어매는 나도 며느리와 같이 한번 살란다

동생은 누나야 못 올 데 왔네
그만 가자 내려오는 개울가 논두렁길
검정 고무신으로 고랑물 떠 와서
쓰러진 누나 입에 물 축여주던 동생은
이 누나를 안고 한없이 울고 또 울었다

누나야 아직 살아있는데
그 큰 수술 두 번 한 지 한 달도 못 됐는데
우리 누나 불쌍해서 우야꼬
동생아 우리 막내 기영이 고등학교 졸업하도록 살고 싶다
젖도 못 물리고 한 번 보듬어주지도 못한 우리 기영이

겨우 백일도 안 지났는데 불쌍해서
내려오는 논두렁길에 동생 등에 업혀
흘린 눈물에 내 동생 등이 다 젖었네

누나야
어떤 일이 있어도 살아서 자식들 키워야제
동생아 우리도 엄마 없이 크면서
눈물로 살았는데 그자

똥장군

겨울 방학이면 온 동네 통시의 똥을
엄마는 똥장군에 퍼담고 두 아들은 싣는데
한번은 똥을 다 퍼담았는데 싣지 않길래
수야 왜 우노
엄마 을수가 쳐다보네
양지바른 담장 밑에 딱지 치고 구슬 치고 노는 걸 보고
닭똥 같은 눈물을 닦아줌서

수야
아버지는 아프제 빚쟁이는 엄마 쥐어뜯제
니들은 배고파서 울제
엄마 손에 똥 묻은 줄 모르고 우리 수야 눈물 닦다 보니
우리 수야 얼굴에 똥이 묻었네
얼마나 놀고 싶었을까

날이 저물면 물 데워 씻기고 밥 먹이고 설거지 다 하고
방에 들어가니 자고 있는 아들 깨워
숙제 안 하고 왜 자냐

얼음물 세 바가지 둘러써라
땡땡 얼어붙은 고추가 달랑달랑 팔딱팔딱 뜀서
엄마 니는 계모가
왜 독하게 일만 시키노
진짜 우리 엄마 아이제
엉엉 우는 아들 보듬고 한없이 울어도

끝없는 삶의 고통아
언제쯤 비켜 나갈래

보리쌀 대끼는 새벽

먼동이 트면 등잔불 걸어놓고
보리쌀 대끼는 절굿대가
할매는 뒤로 넘어가는데 나는 왜 앞으로
할매 이마빼기를 찍어 할매는 아이구 눈알 빠지네
저년이 절굿대질 하는 것도 안 배우고 시집왔냐
할매 이마에서 피가 나고
큰방 작은방 아랫방에서 새벽에 자다가
맨발로 뛰어나와 시어매는
오늘부터 니 혼자 보리쌀 다 대끼라
할매는 이마빼기에 된장을 바르고
일 잘하는 촌 가이나 며느리 보자니께
일 못하는 도시 가이나 며느리 삼아
날 골병들이네 영감탱아
시아버지 퍼붓는 시어매를 본 일꾼
새댁아 보리밥이 검으면 어떻노 밥만 많이 주면 되지
몽돌로 보리쌀 대낄라면 힘드니께 몽돌 손은 가만있고
궁둥이만 흔들어라 절구통에 눈물이 쏟아지는 나는
울다가 웃네

94살까지 같이 살면서 일 많이 배우고
욕도 많이 얻어먹었네
욕쟁이 할매 욕을 밥으로 살았네

못나서

잘난 게 없어서
배운 게 없어서
아는 게 없어서
엄마가 없어서
사랑이 무엇인지 몰라서
병든 남편 보듬고 눈물로 살아서
언제나 머리 숙여
일만 알고 살았어도
후회는 없는데
주어진 내 운명을
그 누가 막으리
오 나의 삶이여

내 마음

내 마음 가는 대로
다 잘되는 일 어디 있던가
안 죽을 만큼 고생해도
예쁜 내 얼굴 어디 가고
오늘의 거울 앞 내 얼굴이
이리 슬프고 미워지는데
얼룩진 삶
가슴에 숨어 있는 수많은 사연들이
시가 되고 노래가 되어
나도 모르게
흥얼거려지네

임의 눈물

사랑한다 말보다
저 여자 젊음이 짠해서 어째
하는 눈빛
저 무거운 삶의 세월을
혼자서 어찌 감당할 것인가
30년 아픔 속에도
가슴 한구석에 담겨
샘물처럼 고여 있는 그 눈물
백발이 된 지금도 아련히 떠오르는
그 임의 눈물
바삐 산 세월아
왜 자꾸 잘못한 것만 생각나냐
살아 계실 때 좀 잘할걸

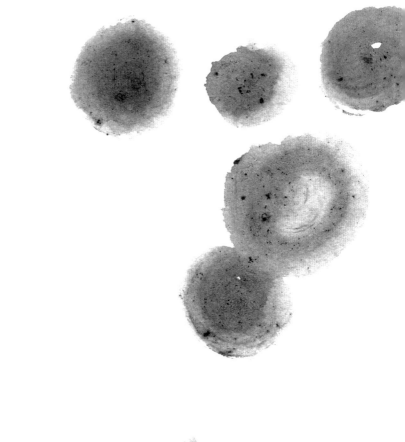

가난

부자로 살 때는
김 영감님 집의 일 해주면
밥 주고 잠 재워준다는 소문에 열다섯부터 아흔 살까지

아이 하나 업고 하나 손 잡고 와서
일 해주고 밥 먹게 해달라던 상섭 아저씨가
아이 셋을 더 낳도록 살면서
동네 땅 사서 집을 짓는데
나무와 필요한 것 다 가져가 집 짓고도 잠만 자고
우리 집 일하면서 동네 사람 일 하루 해달라면
김 영감님 집에 일 없어야 남의 집 일 간다는 말
고맙습니다

등짐으로 우리 집서 번 돈으로
땅에 묻은 곰팡이 핀 돈으로 이웃돕기 하고
광산하다 빚진 나에게도 일이십만 원 빌려줌서
수야 엄마 자꾸 울지 말고 용기 내서
아이들 밥 먹여야제

상섭 아저씨께 돈 빌릴 줄 내 어찌 알았겠노
세상 사는 게 참 재미지네

운동회

다른 아이들은 엄마 손 잡고 달리기하고
맛있는 것 싸와서 맛있게 먹는데
너무 부러워서 저 한쪽에서 성아는 동생하고
도시락 먹으면서 그래도
엄마가 올까 교문만 바라보다
집에 와서는

암만 계모라도 그렇게는 안 할 끼다
6년 동안 학교 한번 안 와보는 엄마가 계모지
악을 쓰고 우는 우리 성아
일 더 하려고 엄마 노릇 못해서 미안해
이다음에 니는 엄마처럼 살지 말고
니 딸한테 잘하고 살아라
일이 뭐라고 초등학교부터 대학 졸업하도록
한번을 못 가본 엄마가
지금은 후회를 해도 아무 소용없는걸

한번은 난전에서 치마를 사달라고 길바닥에서 떼를 쓰는
성아를 본 옷장수 아지매가 보다 못해
돈은 뒤에 줘도 되니 치마가 500원이다 입히고 가소
외상은 처음이다
그 더운 날 강가 모래사장을 걸어옴서
얼마나 좋았으면 되지도 않는 노래 하던 우리 딸 성아
그때는 500원이 너무 큰 돈이라서
야 이 가수나 다음부턴 절대로 안 데리고 갈 끼다
내 딸 성아
일밖에 모르는 엄마가 미안해

큰아들 작은아들

큰아들은 거름 한 포 작은아들은 세 포
팥죽 같은 땀 흘리며 산꼭대기까지
땀을 닦고 쉬면서 작은아들이

엄마 우리는 언제쯤 빚 다 갚고
남들같이 밥 먹고 사노
기영아 미안하다 먹이는 것도 없으면서 일만 시켜서
다른 집은 못살아도 아들 일 안 시키더만
아들아 그 집은 아버지가 일을 하니까
우리는 니 아버지가 아파서 일을 못 하니까 우짜겠노
엄마 혼자 이 일 다 못해서
내 아들 고생시켜서 참말로 미안하다

머슴같이 일 시키다 일 잘못하면 매질하고
밤이면 호롱불 밑에 헌옷 꿰매던 바늘로 정신 차리라고
손가락을 쑤시며 숙제 안 할 끼가
아들아 이 엄마 눈물에 꿰매는 헌옷이 다 젖더라
아픈 니 아버지 불쌍하고

니들한테 계모 같은 엄마라서

이 엄마는 우짜면 좋겠노
아들아
배부르게 밥을 먹일 수 있겠나
일을 안 시킬 수 있겠나
아들아
이 엄마 우짜면 좋노

찢어진 팬티

막내가 왜 학교에서 늦는지 몰랐는데
한번은 선생님께 연락이 왔다
학교 뒷문 숙직실로 좀 오라고
막내가 볼까봐 살째기 가보니
기영 엄마
기영이가 며칠 전에 광양서 친구 팬티를
빌려 입고 달리다가 팬티가 찢어졌어요
기영이 팬티 좀 사주시라고요
학생회장인데

선생님 팬티 살 돈도 없고예
운동 연습할 시간도 없어예
수업 끝나면 집안일 도와줘야 합니다
기영 엄마
중학교 2학년인데 무슨 일을 그렇게 시킵니까

아무 말 없이 뒷문 고랑가를 걸어옴서 많이도 울었다
팬티 하나 사줄 돈 없는 엄마가 미안해서

집에 온 기영이는
엄마 오늘 일 안 하고 학교에 왜 왔는데
아들이 학교에서 잘못한 거 없을 때는
엄마는 학교에 오지 마이소
우리 기영이 성이 많이 났네

한 집에 두 시누이 부부

시집살이
큰시누이 부부 작은시누이 부부 한 집에 사는데
66년 9월 24일 아들을 낳고
멸치 한 마리도 들어 있지 않은 미역국을 먹고
이레도 지나지 않은 날에
부산서 순자 동생이 아기 포대기를 사 왔다

정지 바닥에 가마니를 펴고 부엌 앞에서 밥을 먹는
순자의 밥그릇에 눈물이 떨어지는 걸 보고
순자야 왜 우노 이 언니는 눈물이 밥인데
언니야 한국에서 아기 낳고 가마니 펴고
부엌 앞에서 밥 먹는 사람은
언니 한 사람뿐일 것이다
순자야 괜찮아 부산 가서 언니 이렇게 산다는 말
절대로 하지 마래이
그렇게 순자를 보내고

이듬해 겨울에 큰시누이가 딸을 낳았다
아기 낳기 전에는 바람 들어간다고 문구멍 다 바르더니
소고기미역국을 하루에 여섯 번
딱주 밤 대추 좋은 것은 다 삶아서 새참으로 바치고
큰시누이 남편 밥그릇에 보리밥이 많이 섞였다며
호통치시는 시어머니
어머니 밥을 사십 그릇 담는데 어찌 쌀밥 보리밥 하는지요
뭘 잘했다고 말대꾸하냐며 호통을 듣는다
부아 나서 서방님 목욕시키다가
궁둥이 볼때기 때린 내 손이 너무 미안해서
수야 아버지 안아줘서 흘린 눈물아
수야 아버지 다음부터 잘할게요

수야 아버지 지금 이 나이에도 후회합니다
짧은 소견에 부아풀이를 아픈 당신한테 한
이 마누라 용서하이소예

웃음 헤픈 여인네

처녀 때부터 잘 웃어서
다 좋아하던 가수나
결혼해서 시어머니께
웃음 헤픈 여편네라 소리 듣는 며느리
젊은 남정네 많은데 병든 서방 두고
웃음 헤프다고 웃다가도
저 멀리 어머님 옆구리에 찬 열쇠 소리 들리면
어서 입을 다물었다

울기도 웃기도 잘하던 나의 젊은 날
나는 왜 웃음이 헤퍼서 어머님께 소리 들을까
웃고 우는 것도 맘대로 못하는 시집살이
동네 사람들과 이야기하면 시부린다고 야단치고
어머님만 쳐다보면 가슴이 두근두근
어떻게 살면 어머님 맘에 들까
모두 점심 먹을 때 눈물바위에 앉아
참 많이도 울었다

나도 엄마가 있었다면
엄마 딸 이러고 산다는 편지 한번 써볼 낀데
편지 받아볼 엄마가 있는 니는
얼마나 행복할까

누룽지 한 그릇

춥고 배고프고
반찬도 없고
따끈한 누룽지 한 그릇
김치만 있어도 시린 마음
다 녹여주는 이 순간
그 옛날 엄마 생각나서
눈가가 젖네
엄마가 끓여주던 누룽지 한 그릇에
추운 몸 다 녹았는데
오늘 따라 엄마 생각
왜 이리 보고 싶노

글아

먹물이 없어지도록
그 많은 볼펜에 땀이 아닌
나만의 지문
글아
써도 써도 끝없는 글아
손마디가 튀어나오도록
머슴 같은 손으로
한 자 한 자 쓴 종이에
내 마음 다 받아준 글아
나는 왜 글을 쓰는가
글아

한 땀 한 땀

한 땀 한 땀 꿰매는 바늘이
수놓아주는 삼베바지야
많이 아팠제
한 올 한 올 꿰매는 바늘에 찔려 피나는
내 손가락 같은 삶의 아픔도
다 지나가더라

사는 게 다 떨어진 헌 옷
꿰매 입는 것이나 다를 바 뭐 있던가
다 떨어진 삼베바지는 꿰맬 수가 있는데
다 떨어진 여인의 가슴은 약도 없고
꿰맬 수도 없더라
꿰맨 헌 옷도 주인 잘 만나
땀내 쉰내 나는 삼베바지에
고운 매화꽃이 피었네

장롱 속의 헌 옷아

찌든 때 아무리 씻어도

흙물 풀물 더러운 땟자국이 남아도

깨끗이 씻어서 매화꽃 수놓아

활짝 웃는 매화꽃잎

헌 옷 보따리 싸서

장롱 속에 잘 모셨다가

내 마음 힘들 때

가끔 꺼내보고 입어보고

너덜너덜한 장갑 끼어보고

구멍 난 고무신 신어본다

어두운 장롱 속에서 답답할까봐

오랜 세월 동안 니랑 같이 살면서

너무 고생시켜 미안해

내 헌 옷들아

절구통 물거울아

정지 문기둥에 걸린 손바닥만 한 면경보다
절구통 물거울에 비친 내 얼굴이 와 이리 예쁘노
절구통 물거울 니만 보면
참고 있던 말이 막 쏟아져 나오네

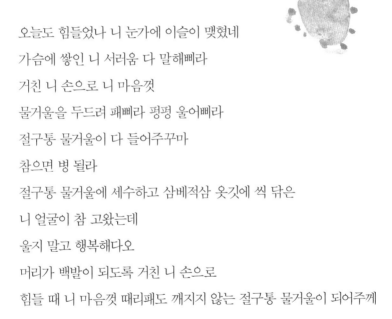

오늘도 힘들었나 니 눈가에 이슬이 맺혔네
가슴에 쌓인 니 서러움 다 말해삐라
거친 니 손으로 니 마음껏
물거울을 두드려 패삐라 펑펑 울어삐라
절구통 물거울이 다 들어주꾸마
참으면 병 될라
절구통 물거울에 세수하고 삼베적삼 옷깃에 씩 닦은
니 얼굴이 참 고왔는데
울지 말고 행복해다오
머리가 백발이 되도록 거친 니 손으로
힘들 때 니 마음껏 때리패도 깨지지 않는 절구통 물거울이 되어주께

절구통 물거울아 언제까지
울고 웃는 내 하소연 다 들어줄 것인지
절구통 물거울아 손바닥이 아프도록
때리패도 니는 와 아프다 말이 없노
내 가슴이 후련하도록 때리패도 다 들어준
절구통 물거울아

통시문

젊어서는 통시문을 꼭 잡고 일 보고
중년에는 통시문을 안 잡고 일 보네
말년에는 통시문을 닫든가 말든가

어?
내가 왜 통시문을 안 닫고 일 보노
아…
내가 늙었나?
이러면 안 되는데 정신줄 놓으면 안 되는데
자식들에게 이런 모습 보이기 싫은데
자식들 걱정시키기 싫은데

젊어서 남들같이 잘살아 보겠다고
일만 하던 그 왕성함
나의 삶 나의 젊음 어디 가고
통시문도 안 닫고 볼일 보는가

잡을 수 없는 세월아 내 청춘 좀 돌려줄 수 없겠나
통시문 잠그고 일 보는 젊음을

눈물

한 떨기 꽃처럼 웃으며
살고 싶은데
무슨 사연 그리 많아
말 못 하고 몸부림쳐
펑펑 울며 흘린 눈물
닦아준 옷소매 부여잡고
흐르는 눈물에
내 옷소매 다 젖고 말았네
얼룩진 세상살이
아~ 사는 게
왜 이리 재미있노

향유야

너도 엄마가 있었다면
포근한 엄마 품에서 젖 물고
심장 뛰는 소리에 잠들고 싶을 낀데
엄마 그리움에 사무쳐
가슴에 멍이 들어
보랏빛이 되었나
향유야 너는 왜
고랑가에 동네를 만들어 사노
꿉꿉한 고랑가는 비가 오면
다 떠내려가는데
물가에 핀 향유꽃의 보랏빛이 더 진한
향이 좋아 향유라 했는데
찬 서리에 말라버린 너도
엄마가 있었다면
멍든 가슴 부둥켜안고 말라버린 향유야
너도 엄마가 있었다면

희망아

희망아
니는 누하고 놀고 싶냐
아지매 나는 저 멀리 남쪽에서
봄바람 가마 타고 옴서
희망아
부르는 소리에
너무 좋아서 품에 안겨

봄아 그 먼 길 비바람 헤치고
오느라고 고생 많았제
봄아 희망을 손 잡고 강가로 들녘으로
뛰놀고 원 없이 사랑하고 싶은데
희망아 이 새벽이슬 같은
눈물 닦아 주는 봄아
보고 싶고 그리워도 다시 만날
그날을 하고서
산 넘고 물 건너 북쪽으로 멀리 멀리 가버린
봄을 바라보며

슬퍼 우는 희망은 또 열두 달을 기다려야
만날 수 있는 봄 가수나야

보고 싶고 그리워서 내 어찌 살까나
봄아

홍쌍리 명인은 씀바귀 같은 분입니다.

음식도, 글도, 삶도, 처음엔 쓰고 맵지만

맛볼수록 맑고 정합니다.

그런가 하면 또 매화꽃 같은 분입니다.

그 거친 손마디를 하고서도 마음은 소녀입니다.

무엇보다 자연에서 배운 정직과 관용을

인간관계에서도 그대로 실천하시는 분입니다.

생명에 대한 존중, 인간에 대한 믿음을 잃지 않으셨고,

이를 시에 담아 주변에 전하십니다.

제가 바라는 것은 단 하나, 항상 건강하셔야 합니다.

권순일(중앙선거관리위원회 위원장)

고향에는
칼일이
정말
많은데

4장

되리라
아름다운 농사꾼

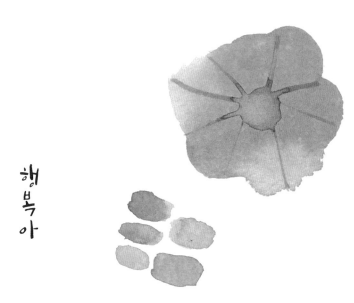

행
복
아

행복아
니는 누하고 살고 싶냐
아지매 나는 웃음이 헤픈 사람하고
살고 싶다
모나게 사는 사람보다
두루뭉술 잘 보듬어줄 사람하고
살고 싶다

실천은 않고 말만 들고 다니는
잘난 척하는 사람보다
종종걸음으로 힘든 일
땀에 젖은 얼굴
아름다운 미소 짓는 사람과
살고 싶다
같이 울고 웃는
아픔을 안아줄
나눌 줄 아는 사람과 살고 싶다

힘들게 농사지어도 퍼줄 때가
재미진 걸 몰랐제
행복이 별것인가
내가 좀 손해일지라도
내 마음이 편하면
행복이제

불꽃

활활 타는 불꽃
땔감이 떨어지면 불은 꺼진다

활활 타는 불꽃 같은 젊음아
꺼지지 않는 불씨 되어
이 나라를 짊어진 이 시대의 젊음아
살기 좋은 세상을 만들어라
젊음아
젊음아

내 마음의 천국

곱고 예쁜 이십대 모습은 어딜 가뿔고
사십대 농민
매화꽃은 모든 시름 다 잊게 하네
니들과 사는 게 이래 좋은걸
젊어서는 왜 몰랐을까

목마를 때 두 손으로 개울물 떠 마실 수 있어 고맙고
도라지 더덕 산딸 개미딸 있어
허기 채워줄 열매 뿌리 있어 고맙고

봄이면 밭 갈고 씨앗 뿌리고
여름이면 밭 매고 가꾸어서
가을이면 수확하여 풍성한 부자
겨울이면 나무 지게

힘들어도 군불 땐 아랫목에 누워
딸아이는 아부지 흰머리 뽑아주고
엄마는 헌 옷 꿰맴서
온 가족 즐거워함이 우리 농민이 아니던가

내 그릇

넓고 큰 그릇보다
오목하고 작은 그릇보다
알맞은 그릇에 채워줌이 어떠냐
내 삶에 맞는
그릇이 됨이 어떠냐

농민의 행복

섬진강 새벽이 빚은 이슬 요를 깔고
섬진강 자갈돌 보석 베개를 베고
섬진강 물안개 솜털 이불을 덮고
흐르는 물소리 자장가 삼아
자고 난 이 아침의 아름다움
행복이 별것인가

따끈한 고구마에 동치밋국 마시며
웃음소리에 호롱불도 춤을 추는
오두막집이 행복이제
개미처럼 일하다가
바둥거림도 내려놓고
나비처럼 춤추다가
꽃처럼 다소곳이 웃다가
곱게 물든 가랑잎처럼
흙이 부르는 그날까지
가벼운 마음으로 살고 싶어라

젊음아 선물 받아라

힘든 젊음아
자연을 벗 삼아 젊음을 푸르게
건강한 삶이 어떠냐
고향에는 할 일이 정말 많은데 그자
일하기 힘들지만
이 행복을 젊은이들에게
꼭 선물하고 싶은데

젊음아
저 산과 들에 예쁜 꽃식구가 있는데
그림 같은 예쁜 집 지어 아들딸 잘 키워
웃음꽃 피는 행복한 농사꾼이 어떠냐
백발이 되어도 흙이 날마다 애타게 부르는
그 이름은 젊음이더라

젊음아
이 선물 꼭 좀 받아서

흙의 주인이 되어 행복해다오
젊음아

농사는 작품 1

매화야
너는 아름다운 여자의 순결
보릿잎에 맺힌 진주 이슬처럼
맑고 깨끗한 꽃잎아
사람도 아기를 가지면 힘이 드는데
매실이 주렁주렁 열리면
니도 힘들제
52년을 보듬어 키운
매화야 매실아 오늘도 내일도
이 몸이 흙이 되는 그날까지
내 가슴에 품고 살리라

농사는 작품 2

1966년 봄
매화꽃을 처음 본 내 나이 스물넷
일하다 내려다보니 앞은 지리산 뒤는 백운산
섬진강 새벽안개 솜털이불 덮어놓은 양 아름다운 이곳

산비탈에 홀로 핀 백합처럼 살기 싫어
사람이 그리워
농사를 작품으로 밥상을 약상으로
이 한 몸 다 바쳐서라도 만인의 농원으로
농민과 도시민이 아름답게 만나도록
그 많은 밤나무 다 베어내고 매화나무 심으려 하면서
어느 날 밭매다 매신 한 알 주워 먹고 매실을 주물러본 순간

매실이 왜 흙물 풀물이 질까
모기한테 물린 데를 매실로 문지르니 왜 금세 안 가렵지
체기가 있을 때 매실을 먹으면 왜 소화가 잘될까

매실로 우리 뱃속 청소하면 되겠네
기름기 있는 그릇은 세제로 씻으니
우리 뱃속도 깨끗이 씻어야겠지
잠 못 자도록 연구하면서
내 머릿속은 온통 매실

45년을 매실에 미치다 보니 매실 먹거리론 처음으로
명인 지정을 받았다
처음엔 내 마음 의지하고 싶어 꽃을 심었고
매화나무 한 그루 한 그루마다 애미 눈물을 밥인 양 받아먹고
같이 늙어가면서 꽃 피고 열매 열면
꽃은 딸, 매실은 아들로
세상에서 제일 행복한 엄마
머슴으로 삶이 행복이더라
저 악산들 우리 면민들이 부지런한 덕분에
다 잘살 수 있는 명품 매실이 되었제

저는 고목나무의 매화꽃이 될게예
우리 농민들이여 영원히 시들지 않는
해마다 다시 피는 매화꽃이 되소서

땀아 젊음아

이 시대의 젊음이여
그 젊음을 불태워볼래
피와 땀이 없는 성공은 없더라
저 악산을 밀고 논밭을 만드는
인간 불도저가 되어보래

미움 욕심 남 탓도 다 버리고
앞도 둘, 옆도 둘, 뒤도 둘, 여섯 개의 눈으로
인간 울타리 백만장자
후회 없는 젊음이 되자

보고 싶은 사람 울타리
행복을 주고받는 농촌사랑 울타리
대문 높은 담장보다 사람 울타리
얼지 않는 땀 흘리는 젊음이 되자

오~ 젊음이여
출퇴근 정년도 없는 이 좋은 직장을
오~ 젊음이여
왜 흙을 땀을 싫어하는가
흙에다 불 한번 지펴볼래 말래
꽃피는 젊음아
흙에서 밥을 행복을 찾아보래
농사도 작품이더라

사는 게 왜 이리 재미있노

그 곱던 내 손은 어디 가뿔고
호미 괭이 삽이 된 내 손
밤이면 또 양말 헌 옷 꿰매고 글 쓰는 내 손아
비 올라 하면 마디마디 쑤시고 아픈
주인 잘못 만나 미안하고 고마운 내 손이제

얼마나 더 손톱 밑이 트고 피나고 아파야 하는가
출퇴근 정년퇴직도 없는 삶아
매화꽃 딸과 매실 아들이 있어
이 엄마는 흙 묻은 천사로 살았제
90살까지만 더 천국 만들어보자

보고 싶은 인연들이여
삼월에 매화꽃 축제 오실 때
겨우내 쌓인 마음의 찌꺼기 섬진강에 다 씻어버리고
매화꽃같이 활짝 웃고
아름다운 꽃향 가슴 가득히 보듬고 가소서

오늘도 예쁜 돌담 쌓아 올리면서
고목 매화꽃나무같이 보고 싶은 사람 될게예
사람 울타리 백만장자 될게예
올 한 해도 건강하고 행복하이소

미움

남을 미워하면
내 마음이 미워질까봐
내 마음이 아플까봐
미운 사람 내가 먼저
인사하고 웃어주자
내 마음 편하고 싶어서
미운 사람 흉보지 말자
내 입 거칠어질까봐
내가 먼저 밝은 모습 보이자
보고 싶은 사람이 되자

흙탕물 맑은 물

삶이란
남남이 만나
사랑하는 부부로 살면서
맑은 물만 있는 게 아니더라
흙탕물도 있더라
꽃길만 있는 게 아니라
절벽도 있더라
그 절벽 흙탕물도
잘 헤엄처 나와 보니
맑은 물 꽃길도 있더라

고향을 버린 아들아

아들아
너희들 마음이 얼마나 가물었으면
고향을 버리고 떠나버렸느냐
애미는 여생을 이 흙에 바치고 싶은데
이 산 속에서 자식을 키우면서
가슴이 다 문드러져도
배가 고파 허리띠를 졸라매면서도
허리가 할미꽃같이
휘고 또 휘어도 자식만 쳐다보면 도망갈 수 없던걸

아들아
아무리 잘났건 아무리 못났건
그 언젠가 흙조배기가 된 시골 애미 품으로
돌아올 내 자식들의 거름이 되고 싶구나
흙의 주인이 되어
대대로 조상님을 모시며
산소를 벌초하며 고향을 지키는

남이 볼 때는 못난 자식이지만
애미로서는 가장 아름다운 인간의 꽃으로 키우고 싶었단다

아들아
애미는 큰 머슴, 아들은 작은 머슴, 손자는 막내 머슴으로
가장 행복한 흙의 주인이 되어
온 세상 사람들 가슴마다 우리 농원의 향기를
나눌 수 있는 인간의 향수로 살고 싶은 것이
애미의 마음이란다

홀로 된 어매

등이 휠 것 같은
세월의 무게를 업고
혼자 걸어가는 그 길
왜 그리 쓸쓸하고 눈물이 쏟아지는지

가슴에 사연만 남기고 바람처럼 가버린 그 사람
지금은 어느 하늘에서 행복할까
보고 싶어도 볼 수 없는 그 사람
홀로 사랑하고
홀로 그리워하고
홀로 못 잊어 울어야 하나
떠나버린 그 사람

논밭 갈 때 무거운 짐 지다
눈물에 흙이 다 젖더라
아련한 그 모습
한숨 속에 흐르는 눈물에 한이 서러

이렇게 살아야 여자의 절개라서 순결이라서
잘 살아왔다고 자식들에게 칭찬 받을까

그 옛날 혼자 살던 우리 어매
무거운 짐과 한일랑 다 내려놓고 저 세상 가는교
우리 어매들이여

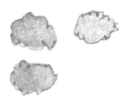

배움이란

내가 살아온 뿌리부터
뒤돌아보았다
남들보다 못 배워서 뒤떨어져도
남들보다 더
안 죽을 만큼
노력하면 되제

밤이면 잠을 잊어버릴 만큼
열심히 글 쓰고 책 보다
이해 못할 때
글 쓰는 종이가 다 젖도록
가슴 치며 울던 일을 어찌 잊을 수 있나

낮이면 머슴같이 일하는
7학년 6반이 된 지금도
밤이면 학교가 아닌
나 혼자 공부하는
나는 야학생

성공이란

아름다운 무지개는
손에 잡히지 않더라
붉게 타오른 황혼은
가슴이 아려오도록 아름다워도
저 멀리 산 넘어
걸어가더라
뜬구름 같은 마음 다 버리고
성공한 사람
힘든 주변 돌아보는 사람
국가를 위해 바칠 인재가 될래
흙을 밥으로 사는 농사꾼
몸과 마음을 불태울 수 있는
성공한 젊음이 될래

때 낀 옷

때 낀 누더기 옷은 비누칠해서
냇물에 빡빡 문질러 씻어
여인네 궁둥이가 들썩들썩하도록
방망이로 두드려 패면서 씻어
폭폭 삶아 냇물에 깨끗이 씻어
햇볕에 꼬실꼬실 바짝 말려
다시 입고 설 수가 있는데

함부로 내뱉은 말과 행동은
씻을 수도 고칠 수도 없으니
돌아서 후회 말고 낮출 수 있는 데까지 낮추어
두루뭉술 살아보세
때 낀 옷같이 맺혀 있는 가슴속도
냇물에 싹싹 씻어 털털 털어
빨랫줄에 바짝 마른 하얀 옷처럼
가슴속에 숨어 있는 것 다 버리고
깨끗하게 살아보세

후배들 유산

나는 무엇을 잡으려 가슴이 뛰는가
내 발은 어디를 보고 걸어가고 있는가
내 손은 무엇을 잡으려 부지런을 떨고 있는가

후세를 위해
험한 산을 마음 놓고 걸어갈 길을 만들어 줄
눈-손-발이 되면 안 되나
조상님이 일구어놓은
얼이 담긴 논밭은 아껴놓고
저 높은 산을 밀고 낮은 곳을 메워
평지 만들어 건물 지으면 안 되나

논밭은 영원히 가꾸어야 할 생명줄
왜 자꾸 집을 짓는가
조상님 통곡 소리 들리는가 안 들리는가
밥 한 그릇 먹고 싶어 안 죽을 만큼
고생하여 일구어놓은 논밭
후세들 위해 다시는

논밭에 집 짓지 말자

찬란한 젊음의 미래를 위하여

아름다운 농사꾼

밀양서 태어나 부산에서 살다
스물셋에 이 산 속 외딴집에 시집와
스물넷엔 매화꽃이 좋아서
5년 후면 꽃이 피겠지
10년 후면 소득 있겠지
20년 후면 세상 사람 내 품에 다 보듬고 싶어서

시아버지 머리 감겨 세수 시켜 손발 씻겨
밤이면 팔다리 주물러 드리면서
아버지 꽃 심게 해주이소

꽃 딸로 매실 아들로 삼으면서
두 번의 수술 류마티스에는 약보다
흙이 밥, 야생화가 반찬
맵고 짜고 시고 떫고 쓴 맛과
66년도 뱃속 설거지하는 매실 밥상이 나를 살렸네

못 배워도 글 쓸 수 있네
도시 가수나도 농사를 지을 수 있네
여자라서 못할 게 없네
살고 싶어서 자연은 천국 나는 천사로 사네
힘든 마음 다 버리고 꽃같이 활짝 웃고
꽃향 가슴 가득히 보듬고 가셔서
온 가족이 행복하시라고
이 산천에 내 젊음 다 바쳤습니다

밥을 짓다, 농사를 짓다, 시를 짓다.

무언가를 짓는 일은 거룩합니다.

고픈 배를, 주린 마음을 채워주기 때문입니다.

평생 밥을 짓고, 농사를 지어온

홍쌍리 명인이 지은 시와 노래는

밥만큼 맛있고, 매실만큼 새콤하고,

엄마의 삶만큼 풍성합니다.

가슴 사무치도록 엄마가 보고 싶을 때가 있습니다.

열세 살 때 돌아가신 엄마 목소리가

이제는 기억나지 않습니다.

하늘 간 엄마가 휴가 한 번 나오지 않는 까닭입니다.

이 시집에서는 엄마 목소리가 들립니다.

"그래, 잘 자라줘서 고맙다, 내 아들."

김재원(KBS 아나운서)

노래가 된 시

홍쌍리 명인은 아끼는 몇몇 시에 손수 지은 가락을 붙여 노래로도 만들었습니다. 그중 아홉 편을 여기에 싣습니다. 독자 여러분께서도 흥얼흥얼 마음의 선율을 따라 불러보시면 좋겠습니다.

- 편집자 주

꽃은 춤추고 나는 노래하고
새들 피리 부는 이 천국에
우리 모두 천사로 살아봤으면
얼마나 좋을까 얼마나 좋을까

196

봄은 희망

꽃바람 가마 타고
사뿐히 마중 나온 매화꽃향기
가슴 뛰는 희망의 꽃 피는 이 봄날
열아홉 살 바람난 가수나 같은
여인아 여인아
꽃은 춤추고 나는 노래하고
새들 피리 부는 이 천국에
우리 모두 천사로 살아봤으면
얼마나 좋을까 얼마나 좋을까
얼마나 좋겠노

꽃은 날리고 나는 하하 웃고
나비 춤추는 이 천국에
우리 모두 천사로 살아봤으면
얼마나 좋을까 얼마나 좋을까
얼마나 좋겠노

매화꽃길 ♪♫
_가곡 '바위고개' 가락에 붙여

**
외로운 산비탈에
홀로 핀 흰 백합꽃처럼 살기 싫어서
사람이 그리워서
이 손이 호미 괭이 삽으로
바위 틈새 매화꽃 심으면서
눈물이 밥으로 만인의 정원 만들어
꽃비가 내리는 오늘도 이 노래 불러봅니다.
**

매화꽃길 언덕을 혼자 넘자니
내 임과 둘이서 같이 걷던 길
꽃 왕관을 쓰고서 기다리던 임
그리워 그리워 눈물 납니다

바위 옆에 핀 꽃 매화꽃송이
우리 임이 꺾어서 꽂아주던 꽃

바위 뒤에 숨어서 기다리던 임
임은 가고 없어도 잘도 피었네

섬진강변 언덕을 혼자 걸으면
저 강물은 흘러서 어디로 가나
49년 머슴살이 하도 서러워
매화꽃딸 안고서 눈물집니다

우리 어매

반쪽이 되도록 닳아도
니는 왜 아프다 말이 없노
말을 못할 뿐이지 호미야 니도 아프제
반쪽 된 호미도 이 어매도
50년 같이 고생한 다 떨어진 삼베 바지도
매화꽃 수놓을 때 찔려 피나는
내 손가락 같은 아픈 세월도 다 지나가더라
너덜너덜 다 떨어진 삼베 바지는
내 인생의 삶의 긴 여정이더라

어매야 어매야 눈물일랑 저 강에 주고
한숨일랑 훨훨 털자

삼베 적삼 땀에 흠뻑 젖어 밭매는 어매야
목마르면 두 손으로 개울물 떠 마시고
힘들면 쉬었다 밭매세 어매 어매야
다 떨어진 삼베 적삼은 꿰맬 수가 있는데

다 떨어진 어매 가슴앓이는 약도 없고 꿰맬 수도 없더라
근심걱정 다 버리고 한 쌍의 학처럼 훨훨 날고 싶어라

어매야 어매야 눈물일랑 저 강에 주고
한숨일랑 훨훨 털자

삶의 아픔 ♫♩

**

긴 세월 땀-눈물 꾹꾹 누질라 담아

흙을 밥으로 살면서

말동무 많이 못 해드려 미안하요

목욕시켜 잠재울 때마다

머슴 같은 마누라 흘린 눈물에

수야 아버지 얼굴 다 젖고 말았네

병든 남편 살아 계실 때 좀 잘할걸

여러분 부부가 옆에 있을 때

후회 없는 사랑 듬뿍 하시어

행복하소서

**

임 따라 사랑 따라 걸어온 철없는 새 각시는

희망을 찾아서 시집온 이 산골

논두렁길이 서러워서 울고 웃던 가슴 아픈 이 길아

니가 뭔데 먼 산 보고 울게 하노

세월아 니가 뭔데 멍든 가슴 어찌하라고
세월아 니가 뭔데 가슴 아픈 이 여자를
세월아 니가 뭔데 도대체 니가 뭔데
아픈 임을 빼앗아갔노
좋은 시절 어데 가고 그리움만 남겼노

긴 세월 구멍 난 고무신으로 걸어온 여자는
가뭄에 갈라진 논바닥처럼 주름 사이에 웃는 여자는
울고 웃던 가슴 아픈 젊음아
니가 뭔데 발길마다 따라오는가
세월아 니가 뭔데 내 젊음 다 빼앗아갔노
세월아 니가 뭔데 늙고 병들게 하노
세월아 니가 뭔데 도대체 니가 뭔데
아픈 임을 빼앗아갔노
눈물일랑 남겨두지 눈물마저 빼앗아갔노

엄마 딸 ♪

1.
엄마 딸 낳으실 때
아픔도 다 잊으시고 똥 싸고 오줌을 싸도 꼭 안아준 엄마
엄마 딸이 엄마가 되어 엄마 마음 이제 알겠는데
엄마 딸 등에 업고 밭매던 우리 엄마는
대사 : 시집가서 잘살라 해놓고 돌아서서 눈물 짓던 우리 엄마가
고생한 우리 엄마를 병수발 못 해드려서
가슴 치고 후회함서 건강할 때 좀 잘할걸
대사 : 자식이 있어도 남에게 맡겨진 우리 엄마, 씻기고 안아주고
밥 떠먹이지 못해 미안해 엄마
아무리 불러봐도 딸 얼굴 모르는 우리 엄마여

대사 : 딸아기 등에 업고 밭매다 더워서 짜증 내면
개미딸 따서 딸 입에 넣어주면 좋아서 우줄우줄
밭가에 가마니 펴고 눕히고 싶지만 뱀이 물까봐
삼베 적삼에 오줌 싸서 척척해서 찡찡 부리면
찔레꽃 새순 꼭꼭 씹어 딸 입에 넣어주면 먹고 잠든 딸
엄마처럼 살지 말고 니 딸 잘 키워 행복해라
젖 먹이며 흘린 눈물에 내 딸 얼굴 다 젖고 말았네

2.

엄마 딸로 태어나서

철없는 어린 시절에 말도 않고 짜증만 내도 다 받아준 엄마

엄마 딸이 엄마가 되어 엄마 마음 이제 알겠는데

엄마 딸 키우면서 고생한 우리 엄마는

대사 : 김치-된장-고추장 싸주던 우리 엄마가

눈 멀고 귀 어두워 엄마 딸 몰라보네

가슴 치고 후회함서 건강할 때 좀 잘할걸

대사 : 지금 이 나이에도 보고 싶고 부르고 싶은 엄마

아무리 불러봐도 대답이 없는 우리 엄마여

매화꽃아 니는 내 딸이제
매실아 니는 내 아들이제

매화꽃 딸

매화꽃아 니는 내 딸이제
매실아 니는 내 아들이제
아침이슬아 니는 내 보석이제
이 어매는 흙 묻은 천사제

매화꽃 딸은 엄마 찾아옴서
엄마 소리가 산을 울리네
그 고운 꽃 딸 떨어져서 죽고
보고파서 엄마도 울었다

이 산천에 내 젊음 다 바쳐서
이 골짝마다 천국 만들어
나 항상 오래 여기 살리라
사립문 열어놓고 내 딸 기다릴게

찔레꽃

찔레꽃 가지에 놀던 저 새는
찔레꽃 가시에 찔려
슬피 우는 저 새가
눈물로 엄마를 부르다가
엄마는 어데 갔나 엄마가 있다면
하얀 진이 나는 꽃약을 입에 넣어줄 낀데
이름 모를 저 새는 엄마를 부르다가
찔레꽃 향기 속에
울다가 울다가 홀로 잠이 들었네
엄마를 부르다가 울면서 잠이 들었네

찔레꽃 가지에 놀던 저 새는
찔레꽃 가시에 찔려
얼마나 아팠을까
눈물로 엄마를 부르다가
엄마는 어데 갔나 엄마가 있다면
하얀 진이 나는 꽃약을 입에 넣어줄 낀데

엄마 품이 그리워 목메게 부르다가
찔레꽃 향기 속에
울다가 울다가 홀로 잠이 들었네
엄마를 부르다가 울면서 잠이 들었네

이름 모를 저 새는 엄마를 부르다가
찔레꽃 향기 속에
울다가 울다가 홀로 잠이 들었네

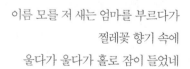

♪ 비 오는 날

낼모레 비 올라 하면 팔다리가 아프다
그래도 비가 오면은
허리 펴고 쉬었다가 부침개 부쳐
이웃들과 나눠 먹다가 웃음꽃이 피더라
바쁠 땐 보고 싶은 자식이 와도
엄마 바쁘다 쉬었다 가거래이
비 오는 날 팥죽 쒀 먹다가
엄마 맛있다던
야야 그 잘 먹던 팥죽을
엄마 혼자 먹다가 내 새끼들 생각나서
전화 한번 해봤대이

낼모레 비 올라 하면 팔다리가 쑤시네
그래도 비가 오면은
낮잠 한숨 자고 나서 부침개 부쳐
이웃들과 나눠 먹다가 웃음꽃이 피더라
바빠도 자식한테 전화가 오면
엄마는 어이 전화 줘서 고맙대이

비 오는 날 개떡 쪄 먹다가

엄마 맛있다던

야야 그 잘 먹던 개떡을 쪄서

엄마 혼자 먹다가 내 새끼들 생각나서

엄마는 목이 메네

(내 새끼들 키울 때 맷돌에 들들 갈아 찐 그 개떡이

왜 그리 맛있더노

그 옛날 그 개떡 서로 먹으려고 삼베보자기에 붙은 개떡도

입에 넣으면 넘어가뿐 내 새끼들아

그 개떡 실컷 먹이지 못해 미안해서 이 엄마 눈가가 많이 젖었대이)

야야 그 잘 먹던 팥죽을
엄마 혼자 먹다가 내 새끼들 생각나서
전화 한번 해봤대이

보고 싶은 엄마

밤마다 엄마 찾는 다섯 딸 형제
젖 먹고 싶어 울면 달래는 언니가 눈물로 엄마를 부르다
엄마는 어데 갔노 엄마가 있다면
내 동생 입에다 젖 물려줄 낀데
내 동생 엄마를 끝없이 부르다
언니 품에 안겨서 울다가 울다가 언니 품에 잠 들었네
엄마를 부르다가 울면서 잠이 들었네

감나무 그늘에 놀던 내 동생
평상에 놀다 떨어져 울고 있는 내 동생 눈물로 엄마를 부르다
엄마는 어데 갔노 엄마가 있다면
피나는 무릎에 약 발라줄 낀데
내 동생 엄마를 끝없이 부르다
감나무 그늘에서 울다가 울다가 혼자 잠이 들었네
엄마를 부르다가 울면서 잠이 들었네

불러도 대답 없는 엄마란 이름
좀 오래 사서서 딸들 좀 안아주지 눈물로 엄마를 부르다가

엄마는 어데 갔노 엄마가 있다면
불러도 대답 없는 우리 엄마는
시집갈 때 잘 살라고 꼭 한번 안아주지
딸 집에 오시면 맛있는 것 해드리고 머리 빗고 목욕시켜
빈 젖 한번 만져볼걸 보고 싶은 엄마
딸도 이제는 백발이 다 되었소

머리가 서리꽃이 피고 얼굴이 주름꽃이 피고
허리가 활처럼 휜 이 나이에도
대답해줄 수 있는 엄마가 있다면 얼마나 좋으랴
보고 싶은 엄마 딸도 이제는 백발이 다 되었소

자연은 천국

오시는 분마다

천사가 되어 가시라고

사립문 열어놓고

기다릴게예

매실 명인 홍쌍리의 시와 노래

행복아~ 나는 누리고 살고 싶다

1판 1쇄 발행일 2019년 3월 11일
1판 2쇄 발행일 2019년 4월 12일

지은이	홍쌍리
펴낸이	김병원
편집인	이상욱
기획·제작	최상구 김명신 손수정
그린이	한아롱
디자인·인쇄	지오커뮤니케이션
펴낸곳	농민신문사
출판등록	제25100-2017-000077호
주소	서울시 서대문구 독립문로 59
홈페이지	http://www.nongmin.com
전화	02-3703-6097(편집), 6136(판매)
팩스	02-3703-6213

© 농민신문사 2019
ISBN 978-89-7947-169-4 (03810)
이 도서의 국립중앙도서관 출판예정도서목록(CIP)은 서지정보유통지원시스템 홈페이지(http://seoji.nl.go.kr)와
국가자료종합목록시스템(http://www.nl.go.kr/kolisnet)에서 이용하실 수 있습니다. (CIP제어번호 : CIP2019007988)